U0901844

隐匿的星辰

俞敏——著

日月之行，星汉灿烂

孙昌建

1

每年总有几个人，会问我这样的问题：现在写诗的人多不多？

有的还要追上一句：跟80年代比。

每每听到这样的问题，我心里都会苦笑一下。说“苦”，是因为这些人也还在关注或谈论诗歌这样的话题；要“笑”，是因为还有人把问题抛来给我，因为这毕竟也是见仁见智的问题。

是的，可能在人家眼里，我跟诗还有那么一点点的关系，所以他们会问我。我一般是用以下三点来回答上述问题，以不变应万变。

一是现在写诗的人数量还是相当可观的。人以类聚，你只要去看看诗歌公众号，看看各类群推送和各地的诗歌活动报道就可以略知一二了。

二是跟80年代相比还是各有特点的。80年代是民间的诗社、诗刊比较活跃，我们参与其中，是见证者。而今天很多场合需要诗歌去打卡和捧场，特别是各类诗歌朗诵活动，颇有风起云涌之势。

三是80年代开始写诗、比较活跃的一些作者，在经历岁月的沉淀之后，有不少又拿出了自己的诗稿。如果以十年为一代的话，今天的诗坛至少是五代同堂，这五代就是50后、60后、70后、80后和90后，当然00后也要上来了。

这个第三点便是我的有感而发，我说的就是一位叫俞敏的诗人，即这本《隐匿的星辰》的作者，他似乎已经隐匿了四分之一个世纪，但只要是星辰，总要在夜空中发出自己的光芒来的，哪怕是微茫的光。

我跟俞敏认识已经很多年了，那天在黄龙洞门口一见面，双方毫不犹豫地认出了那个年代，我们紧紧握手，一切尽在不言中。我们的认识应该是在80年代末到90年代初的那一段时间，地点是在西湖边的市青少年活动中心，那里有一个杭州青年诗社，俞敏和我都是诗社的成员，但因为当时我住在远郊，晚上进城参加诗社活动也略有不便，所以我跟俞敏等诗友的交往不算太多。进入90年代中期之后，我们也同在青工系统，也都做文字工作，工作就是要完成任务，所以我们也写分行的文字，但我们不敢称自己为诗人，最多，称自己为文字工作者吧。

印象中，早年我是读过俞敏的诗歌的，他的诗有西湖的某些特征，敏感、柔美而细腻，也颇具现代性，但也不先锋和跟风。当时杭州有五花八门的诗社，而杭州青年诗社多少有点“统一战线”的味道，即三教九流、不同流派的都能聚在一起，而且也还持续了相对长的一段时间，这其中离不开王焕均老师的辛勤付出。

2

夜色苍茫，抬头望星空时已经不再是青葱少年。

回到诗歌，回到那个回不去的令人唏嘘的岁月。

对于诗歌，俞敏跟我有大致相同的看法，即都认为诗歌是很私人化的东西，阅读或写作，谈论或交流，这都应该是比较隐秘的事。包括直到今天，我写了一首诗，还是不太敢在公众号上推送，或在各个群里去打一下卡，那仿佛要昭告天下似的，但真的值得昭告吗？可能也正是基于这样的认识，俞敏的写诗，之前很可能只有他一个人知道，只有他的笔记本和电脑知道，因为他不示人，而且也不想让写诗跟工作挂联起来。是的，我以为的诗人有两种：一种颇像是职业诗人，他在朋友圈中的存在，或者在社会上的扬名立万，就是因为他写诗；而另一种就像俞敏这样的，他在这个地球上的存在，他在单位、朋友圈和家人那里，跟诗是完全没有关系的。

跟诗有关系，是他一个人跟诗独处的那一段时间里。

这就像隐匿的星辰，在我们的头顶，在天空中那星辰一直是存在的，只是我们看不见，或者根本不去关注。我们关注烟火人生，所谓芸芸众生，所谓滚滚红尘。诗歌有时像流星一样划过我们的头顶，我们手一指，它就消失了。

然而不管你关注不关注，不管云破云罩，星光总是会闪耀的。诗歌这种文体，或者说这种爱好，你一旦热爱了，便是天长地久。用我略微通俗的说法是，它是一种无法克制的痒，你不搔它是不行的，正如今天不少的人喜欢撸猫，似乎现在的猫就是给人撸的，而诗歌就是让我们热爱的，悄悄地爱，大胆地爱，用天文望远镜爱，那都是一种爱。

所以人到中年之后的俞敏，拿出了他的诗集，为此他准备了整整三十年。三十年的流水，三十年的隐匿，终于有了闪光的一个瞬间。

3

在这一本诗集中，我首先是被一首叫《晨雪》的诗所吸引，它的开头六句是这样的——

清晨醒来，窗外有雪
屋顶，羊群走过的印痕
穿越整个冬天的昼夜

我梦见一只迟到的大雁

一张窒息的嘴

和一些大难不死的肢体

就这么六句，彻底把我给征服了，那是要怎样的雪啊，俄罗斯西伯利亚的雪，东北大漠上的雪，还是干脆就是诗人臆想中的雪？关键是还有“羊群走过的印痕”，这个太妙了，而后又是“迟到的大雁”，为什么是“迟到的大雁”？它是经过了怎样的飞翔才到我们的面前？

不只是这一首写雪，这本诗集里有好几首是写雪的，比如《那年，那场雪成了我的孤本》，也让人眼睛一亮如雪光照耀，但是《晨雪》的那六行却给我更为难忘的印象，正如阅读张岱的《湖心亭看雪》。有的诗中，俞敏也写到了“雪”这个词，写到了这个意象，但那已经不是主要的意象了，如《心井》一诗，我也很喜欢，特别是开头四句——

一条河和一座独木桥

几次的握手无法

下定决心。于是对自己说

要么成为河或桥

由此发现俞敏的诗起句不凡，看来古人写绝句是有道理的，因为再添四句可能就平而且庸了，或许不能叫平庸，而是不可控了——

一个人和一双眼睛
在我再次点燃的刹那
撞击到山脊。我的一颗
心脏被击穿

这样的诗句好不好，心脏到底有没有被击穿？当然也好，如要让我打个比方，这就好像一颗卫星射出去，要想收回就难了。后面只知道卫星还在太空里飞，但我已经追踪不了它了，请看后两节——

一种常规和一面天真
让我进入被物欲捆绑的天堂
那里，我看见先圣向我伸出
一根指头

一株兰花和一朵雪花
暗示变幻莫测的将来
要么融化要么绽放
其实雪融便是绽放的极致了

“雪融便是绽放的极致了”，这就是意境的提升了。所谓意境，或称气场，有时是不可言说的。在这里，“一株兰花和一朵雪花”，跟“一条河和一座独木桥”却对应了起来，这是很巧妙的，但由此也给自己断了后路，因为这样后面就难写了。

俞敏的这一百多首诗中，我粗略估计了一下，大约有八九十首，诗中都有一个“你”，这是他的一个写作特点。这个“你”就像是他手中的水龙头，只有打开“你”，才有《表达》，才有《冬天的一些想法》，才有《夏天已远去》。同时这个“你”也是一个书写和抒情的客体，与此相对应的主体就是“我”。

从80年代过来的人应该知道，当年的《今天》派就是在诗中常用“你”，除了真的有赠和之作外，其实这也是一种写法，正如四行一节的写法，需要片刻的停顿，炉火要先略微小一些，但又即将熊熊燃烧起来。而现在80后、90后的写作，似乎较少再有四行一节的写法。

诚然，诗人心中是会永远有一个“你”的，这个“你”可能是张三李四，可能是风花雪月，也可能是真实生活中的一个“你”，这都给了诗人写作的灵感和冲动。作为俞敏的同代人，我一度也是很依赖“你”的，第二人称可能就是我们和世界对话的一种方式，何况没有了“你”，便也就没有了“我”。

4

有的时候，我以为俞敏的某些短诗更为隽永耐读，且颇有朦胧诗的某些特点，又颇有一点哲理，但又不说破，关键还是短，没有废话。如果要说今天的诗跟80年代的诗相比有什么不同的话，我可以斗胆地说一句，现在废话和口水太多了，因为没有人把着闸门，自己往往是把不住的。要洗去多少火气，才能澄澈明净，正如只有经过酷暑，才会有高远的秋。我在看他第一次传来的诗稿中，有一首的题目就叫《短诗三首》，当他这样定位时，诗就能非常自觉地短了起来。虽然这诗集中也有个别的诗，我前面也提过，起句很是不凡，但后面会有些游移和模糊，好不容易抓住的一条大鱼从手中滑脱了，或者原来抓住的也是一条小鱼，但这条鱼是有可能会长大的，只要你把活水放足。正如《秋深了》这样的，是永远也不会滑脱的——

雨结束了等待
麻雀的绒毛便开始苏醒
风托着秋叶的腰轻盈起舞
一片金黄的鸟鸣里
太阳和我一起慢慢浓缩

还有像《我》——

我是一枚别针
夹在生活的扉页

即使脱落

也会留下一个

淡淡的印痕

表面是淡淡的印迹，但有时淡是要胜过浓的。我注意到第一辑和第二辑都是比较纯的抒情短诗，第三辑多是抒发亲情的作品，第四辑是属于游历诗的，即写了在异国他乡的一些感受，包括在其他城市的一些印象。这些诗有的像微信上的九宫图，你不写吧，你还能写什么？你写吧，又是浮光掠影，但一个诗人的真正本事就是能把浮光掠影之事写好，古今中外皆是这样。而诗歌中的浮光掠影和散文中的浮光掠影又不完全是一回事情，所以表面上看是在写游历，写见闻，其实还是在写不变的那一部分，内心的那一部分。

最后要回到文章开始的那个问题，如果现在真的是很少很少乃至没有人写诗了，情况会怎样呢？因为杞人的任务就是忧天，就像嫦娥的使命是奔月飞天一样，她可能就想去看看天上的星辰，这也包括了这一本《隐匿的星辰》。这其中有一首就叫《我走入另一个空间》，开头六行是这样的——

有一个座位第一次空着
有一对蚂蚁的触角搭在一起
我感觉一下子很轻松

下了一场早已该落的季节雨
走的时候居然还笑一笑
我不晓得已走火入魔

走火入魔，这只是一种说法，一种略为夸张的说法，在谈论这本诗集时，我们刚好遇到了这一个词语。而且我也刚好又想到了老诗人曹操的这两句诗："日月之行，若出其中；星汉灿烂，若出其里。"抽出其中的八个字作为本文的题目，不知是否妥当？

是为小序。

2020年8月13日晨

目录

日月之行，星汉灿烂

第一辑　静静凝固的声音

第二辑　鱼从我面前缓缓游过

第一辑

静静凝固的声音

我一直在看　窗外的天
是否长大　几个音符正在重叠
睡在风中的铃铛醒了

今年的夏蝉

蝉又开始鸣叫
时光在岁月的拐角扔下一串
牵肠挂肚的涟漪
焦香的炉火
穿透了慈爱星空

蝉又开始鸣叫
栖息于枝头或缠绵于水面
蜕壳是最后的抉择
很多透明的手正在挥别
曾经的生活

蝉又开始鸣叫
以一种痛的执拗
行进于柳叶和水塘
纷飞在
你乳色的房前屋后

窗外的天空

窗外的天空有太多棱角
江水从高处下垂
一支轻佻的黛眉
雾腾腾的眉心时浓时淡
浅灰浅蓝

屋檐上，一棵瓦松
那是你脱胎换骨消失的
前世涅槃
那是遁入空门前孤单的影子
隔壁仰天望月的麻鸭
江边昼夜值守的虾笼
都蛰伏着深秋的老谋深算
我把你头顶的茅草割了三茬
割出了稻谷和青瓜的气味
割走你枯萎的全部疤痕

我曾经几次看见
数条红鱼躲在门后

在晨雾弥漫的时候
箭一般出现
获取一池源源不断的美味
我还几次看见
数双眼睛弹出，在挂满果实的柑橘树上
扫描我口袋的硬币
在晨昏不分的篱笆上潜伏
我把一串笑声挂在了亭台
让风渐渐晾干

你终于从黄昏时刻赶来
就像迷失方向的昨夜
一遍遍在夕阳里沉沦
从一个山洞的暮光到另一个山洞的微光
直至消遁在漆黑一片里
沉默的江水和右边的黑树林
在刺眼的光亮里对视前行
我用原始的粗鲁
让黑暗看到了期待已久的逆光

亲爱的城市

一根路灯杆
栖息着一排玄色的麻雀
你的五脏六腑
截屏在未知的空白处

我从向日葵的底部
仰望
内部妥协的声音
归结于手掌的坚硬

按压手机的胸口
经脉打通骨髓
表皮　一阵局促不安

被拆除的隔离带
如果可以
一截安放于屏幕
一截埋在停车场

当城市被流星替换
人类退居幕后
我的耳垂　总是
忽冷　忽热

夜色苍茫

行驶在黑暗里，气流如鸟似水
我的前世在一声叹息中醒来
两条腿被山野重叠
屋顶是昏睡的世界
隐匿了所有的星辰和守夜人
雨下得一场比一场大
有很多可以选择
我日夜兼程　磨砺一柄青铜剑
以便驻守
十面埋伏的悬崖

天已呈灰色
一些愚蠢的声音
交替而来，逆向而行
我筑栏等待　你塌陷的皮囊
消融，一群出栏的羊
沐浴春风
一些花花草草的呐喊
在黎明的飓风中不堪一击

行驶在黑暗里，我警觉的眼睛
随时提防另一个白昼和
一群夜色中的强盗
破门而入

变幻的清晨

早晨的太阳高悬
静静的河岸，倒影高深莫测
白鹭大幅度展翅
淡淡的乐曲流淌一地

柳叶卧于地面
就像鱼儿拧着眉沉入水底
为漫漫旅途
作未知的热身

在一个取水口
和一叶扁舟对视
折返的风景
深邃迷人

当雪白肌肤和青草气息互动
驶过的集装箱车
和树底孤寂的椅子
有着同样流水的秘密

牌　局

我赤着上身
目睹世界在潮汐中雪裂
所有的声音花谢
北半球，如林的獠牙
一群流寇的子孙
道貌岸然地准备下山

我挥汗如雨
一只越洋而来的手双目紧闭
气若游丝
折纸大师前无古人的命名
正走向断崖
凝重而锐利的页面
一朵花正莫名打开

我已无法选择
海边小渔村幸存的告白
是最后的祭奠

嗜血已久的箭镞
随时挥斩一场
未知而来的铺天盖地

书香门第

墨香点化的螺声
有轮回的枝丫
低垂在几幅涂鸦里
飞檐翘角
而陡然涌起的浪花
冷冷挡我于蔓藤之外
潮湿的初夏
时间的风荷　摇曳生姿
惊醒泽蛙
等待风雨来临
那声透亮的鸣响

方寸之间的思绪

荒芜的手指　肤色如麦
没有缺口的山坳坳
一张被拆迁的
旧相片
推平了所有
如烟往事

醉宿在泥泞的星夜
清脆的岁月不断掠过
茁壮的身体
在沉睡与苏醒中
不停地切换　发芽

想起一些事

当安徒生拖着影子
堂皇地走来走去
历史老谋深算的眼角
没有放过任何人
贪婪和无知被装裱
空荡荡的精致天空
迟早死亡

我不知道
月光里庆幸的人们
和另一群
习惯空中梦呓的人
是否会为
日落前　一扇窗户的重生
分道扬镳

热烈的阳光

隔壁是热烈的阳光
而不是春天
此刻，我锈迹斑斑的文字
似睡非睡

我总在等
树荫里的一只小松鼠
安详地穿行在
白雪飞过的路上
有一道地幔般的彩虹

当劳作的麦穗羞辱了
喜鹊的声音
田里的胡茬疯长很快
阳光下
串串水泡，漫天飞舞

端午的细雨

端午的雨细而缠绵
让人无法分心
我坐在窗前
静静等待。等待飞鸟经过
或者一阵波浪

不知道，自己该干什么
太多的理由
就像雨夜淋湿的竹叶
自言自语
欲说还休

端午的雨落在地上
溅起忧伤或快活
她们紧紧依偎的样子
让人感觉温暖
感觉　那么地美

心　思

我一直在看　黑板上来不及
起跳的小精灵
酣睡已太久

我一直在看　你黑森林的眼睛
是否留下脚印
和一朵飘来飘去愉快的云

我一直在看　那条经常有叶子经过的
路　是否情绪饱满
或渐渐荒芜

我一直在看　你的声音
是一场下了很久的雨
长满青青的不知所措的苔藓

我一直在看　窗外的天
是否长大　几个音符正在重叠
睡在风中的铃铛醒了

仙人掌

这个题目我想了好久
从二月医院的第三个台阶起
从夜的拇指酣睡里
在冬日
那几盏烛光
焦灼的等待
以及后来的日子
路边油菜花寂寞的声音
我都在想　想它的形状
想它的姿态
还有我记忆中存储过的目光

天　又热了
花　谢了又开
我像一块吸足水的海绵
急于表达
在这个炎炎的夏季
令人不安的夏季
热浪中　我感觉

你依然是棵小小仙人掌
我们紧紧挨着
牵住你
就像几年以前

不看那叶落时的凄美

树被准时激活
鱼跃龙门时
你便挂在树梢　浅浅微笑
有酒的红晕
有酷的黑眼圈
有时还有奶香飘出
我像秋收的农人
望着日头
想象收割后的田野
还有你和麦穗的模样

天其实不冷
树叶却凝固成从前的
姿势
预示寒流已经来过
感觉风向标的指向
我把头扭向一边
树枝终要抽启新芽

凝固也是一种归宿

至少可以

可以不看那叶落时的凄美

春节的一天

光线从斜窗射进来
几粒尘埃在慢慢移动
往事们相互靠拢
外面，很安静
就像我被掩盖的内心
表面光滑柔软
其实已黑点斑斑
像野猪的脏器

一条短信在发烧
三床被子挡不住寒气
传说白天和黑夜手指相扣
却无法决定输赢
我清楚地告诉你
该起床降温了
就走那条荆棘小道

下午的太阳很好
山上的腊梅会有很多笑容

会有很多男女老少
亲吻你的脸
就像亲吻明天
一个永远散发着
淡淡花香的午后

短诗三首

我

我是一枚别针
夹在生活的扉页
即使脱落
也会留下一个
淡淡的印痕

秋深了

雨结束了等待
麻雀的绒毛便开始苏醒
风托着秋叶的腰轻盈起舞
一片金黄的鸟鸣里
太阳和我一起慢慢浓缩

心　灵

心灵有时像一串珠子
简单而复杂
串起来很慢
散落开去却很快

你的约会

你每天准时在一棵老槐树下
打坐约会
看蚂蚁搬家
数水中漂萍
你已与夜融为一体
我不知道夜是你
还是你是夜
月色中
槐树下的你
容光焕发
浅浅微笑
醉倒了一地的蚂蚁
酒香弥漫
你在星光中灿烂归去
一个踉跄
竟抖落满地的星星

初　春

我看见你
戴着
嫩绿的小蝴蝶结
坐在柳枝上
睡眼惺忪

我很想
牵你
在生命的春天
交换
一个今生的明媚

三月登山

台阶陡峭
那是初春意味深长的一段
欲望是石缝间的绿草
扁扁的却昂然四射
屋里屋外的春风里
无数双各异的手绞在一起
活力四射

种下了属于这个季节的
树干、枝叶还有漂亮或不漂亮的花
我眼前的这个世界
轻易地
被你一个
波澜不惊的姿势　击碎
风中盘旋的玉兰花
在一片啧薄声中
洁白落地

南边的阳光

1

阳光长在这个季节
格外精神
心在街上渐渐通明
窗外有久违的风筝
飞高
多数人，看见了
这个城市
幸福的述说

车在缓行
树上高处的鸟巢
让投影和风
一起旋转
让我无条件
信任
眼前的一切

2

我是只夜鹰，率领
中原的子民
在这个季节的黑夜
抵达
想象比我更加干燥
灯光不再橘黄
割去记忆的灌木茬
暴露在空气中
新鲜灵动

风暴覆盖
压住胸膛的手
那是我无法解出的
方程式
就像一只
把头扎进海里的企鹅
等候几个世纪的鱼群
哲人般游过

这天的风景

灰黑色的网眼
是一畦畦预热后的秧田
后面
是一连串不显山露水的符号
凹陷的眼睛剥夺你
任何想象空间
无法从山峰、谷底或波涛之上
看一片妩媚
一脸迷茫或一些喜忧参半
除非　卸去不可能的面具
一次暴风雨来临时

无　题

沿斑驳的裂缝攀援
清亮的声音在春天飞溅
我无处安放的手
被惊扰

桌上有株植物
向我私语　关于神灵沼泽
和湖中的麻雀
其实，它干涸已久

寸草不生的台面
我看见，一块疲于奔命的海绵
正在染指
尚无人烟的山河

清晨的一个告别

我和河水并肩而行
游步道残留我的思想
落叶就此分叉
我止步于一把挥动的扫帚前
河水条件反射般挽留
像一张透明光滑的膜
作短暂的告别吧
我将在时间的横截面上
签上鸟的名字
同时，保存在路边
一棵银杏树上
以便思念的脚步
随时进出

思　绪

一袭江水和一段萨克斯风
向我奔来
有些事无法直视
就像路过的柚子兄弟
和一只梨的雕塑

沾着露水的空酒瓶
一批星星和月亮东倒西歪
所有喜悦和哀愁
在你背对阳光的时候
被悄悄折叠

目的地越来越近
阳光即将覆盖全身
边上的路人
仙鹤般
抬起缀满补丁的腿

路过一个地方

我双线作战时
一朵花　路过我的头顶
我把骨骼做短暂的休整
以便松动我固化的生活

一个素面朝天的声音
袭击了我
在十字路口
告诉我，关于山上的蛇
和它的春天
我饥肠辘辘的脾胃
迫不及待起来

还有什么

我听见生命流逝的声音
和我家门前小溪流水的声音
没有什么两样
生命终止了水流也便终止了

我听见诅咒的声音
和听见死亡的声音
没有什么两样
诅咒便是死亡的外套了

我听见关于中断的声音
和过去的声音
没有什么两样
一切中断后便属于过去

我听见占有的声音
和贪欲的声音
没有什么两样
占有和贪欲其实是孪生兄妹

我听见伤害的声音
和爱的声音
没有什么两样
都会流淌鲜红的血液

我听见白发的声音
和疲惫的声音
没有什么两样
都是一堆慢慢熄灭的炭火

还有什么
还有什么
其实已没有了什么
有的只是静静凝固的声音

一件很突然的事情

一夜之间
极地企鹅登陆这座岛屿
盛开的叶子
瞬间冰冻
新芽张着鲜嫩的小嘴
了无生机

一切已经硬化
仿佛从未激活
流水树林还有风
错落有致地摆放
纹丝不动
空间被异化

所有的一切
全部逃离
成为美洲丛林的古玛雅
尚未拆封的故事里
影子和背影并肩离去

你执拗地闪现
一些花被重新种植和排列
在夜深的寂寞里
你容光焕发
有些优美的东西
撤退很快

一条新河

慢下来了
手和脚在失忆的沼泽渐渐
冷却
乐声在亢奋中沙哑　垂泪
一条我不熟悉的路
尽头，窗户打开十八扇
四朵硕大的莲花　深沉　有模有样
佛龛　千姿百态　等待一匹马
那其实是我的微笑
涩味顺着马鬃不断在滴落
草原正在拆迁　一切继续
呼吸急促而热烈
像一锅发情的水
因此，你可能是那淬火再生的鸟
绝不是凤凰
承受时间咬合和
一起生生死死的白天和黑夜
从现在起
我将为自己储备

充足的泥土、氧气和一些玉米须
以便在最终返程中保持纯洁
关注河流，那段被打捞的
心肺
会不会依然
有燕尾花生长
顺着波浪
蜿蜒开在那纵横交错里

心　井

一条河和一座独木桥
几次的握手无法
下定决心。于是对自己说
要么成为河或桥

一个人和一双眼睛
在我再次点燃的刹那
撞击到山脊。我的一颗
心脏被击穿

一种常规和一面天真
让我进入被物欲捆绑的天堂
那里，我看见先圣向我伸出
一根指头

一株兰花和一朵雪花
暗示变幻莫测的将来
要么融化要么绽放
其实雪融便是绽放的极致了

独　处

独自一人
静坐
让思想的草
自由漂流
久不读圣人之书
便想把自己
搬在椅子上
放大成圣人
在那个封闭的
世界里
静静享受
那份无与伦比的
辽远

黑　色

静静的黑色
婴儿一样沉睡
曾经急促的叶子此刻低垂
风步伐凌乱　走了

昨日　向日葵橙色的花
开放三次
最后一次打开后
有人看见
它没有闭合

黑色　静静地沉默
像寂寞的冰
等待一束银光开启
然后心跳

蝙　蝠

一只黑蝙蝠
张着翅膀
从玄色山洞掠出
倒挂于苍茫的树上
诱惑雄性呼吸
散布花粉以及花蜜

夜啄开羽毛
黑森林伏下酡红的脸
一片蛙鸣声中
我与黑蝙蝠
握手言和

五月，未来的某一天

印象的鸟在五月的枝丫间跳动
记忆的叶子微微发黄
几只蝴蝶翩跹
悬浮于梦的边缘

脚步有些睡意
燥热的花次第开放
谁来链接我的红唇
让光芒与黑暗交合

小巷拖成夜的长辫
乡音咬住夜的耳垂
荡开一对思念的草环
月光下　麦子发如雪

乘着酒香
悄无声息地潜入
匍匐在你蜀道间
割倒的庄稼地里一片呻吟

围　困

我从黑暗中入禅
由浅入深地敲着木鱼
敲出一段段文字
还有鱼腥味
更多时候则像枯藤
光秃秃留不住一片叶子
我习惯在游动中素描
慢慢嵌入身体的亭台楼阁
在蜗牛的驼峰里誊写
蠢蠢欲动的心事
我发现我坐的田埂
土地已经板结
就像融化的冰川
无法站立
无法长时间委身于此
我不停翻阅自己和旁人的手掌
研究在春天里如何飞花
或者在混沌的黑暗里
默默错乱自己

这场雪

雪下得有些意外
如同两年前或
更久以前的意外
天降温了，却要和你
一起
分别接受感动
和晦涩难懂
雪的呓语

从未有过的
雪融声音，漫过
我的发肤
侵入骨骼
悄然离开
我的手指凝结成
离岸的码头
冰冷，无法触碰

第二辑

鱼从我面前缓缓游过

风披一件

独来独往的斗篷

纵横

天上人间

垂钓时分

我在岸边
将诱惑
斜斜放进水里
等待与你
在水里的偶遇
天有些湿润
茫茫反射光里
我想念
鱼的模样

岸边一把大伞
如老僧入定
静听鱼的脉动
一串突如其来的水泡
让我的眼睛
成为吹皱的春水
成为鱼的刻骨铭心

我记得

有这样一天
微风细雨里
我泥土般堆在岸边
听水听鱼
听所有一切
鱼从我面前静静游过
不肯回头

这也是个世界

在个性的山谷里
纯真和率性并蒂花开
虚伪跛着脚
浪漫与爱意相互缠绕
一只长脚的鸟站在水里
微微闭上眼

这片疏朗而整齐的树林
各种心底的水草
相互抚摩
游鱼刺透心房的快感
正沿我思绪的峰谷
荡漾开来

坐在里面沉沦
只留眼睛漂浮水面
看草根和花瓣一起萌芽
又徐徐风逝
更多时我只看那只水鸟
闭目养神

风中邂逅

无人知晓出处
惟有声音看见
彗星从夜的门口
袅袅走过

风把刻度
定在春夏秋冬
你的嘴唇
总忽冷忽热

风披一件
独来独往的斗篷
纵横
天上人间

去看你
却被风中仙女
黯淡地锁在
一片叶子上

风轻描淡写地吹
我看见
你优雅的脸颊
正汽化成风的颜色

那年，那场雪成了我的孤本

那时的你
站在蓝白的云朵间
泛着瓷釉般光泽
我伸长脖子
想抽成丝
织成你手上那方羞涩的布
蓝底碎花
在老街的阳光里
悄悄绽放

那年冬天
雪是晚归的孩子
几尾
思春小蝌蚪
在黄昏的冻河里
蹒跚出行
松林暮色的长发里
你像受惊小松果
跌落

扑腾起满地的雪
俯视你
我听见心底抽芽的声音了

那场雪
后来
竟成了你我的孤本
许多年以后
还面目生动
栩栩如生

亲密的室友

——写给Co Co

你是我的室友
黑暗中，你的叹息声
和我一模一样
就像远处山坡上
我失散多年的孩子
温顺而寡言

我看见
你总在奋力追逐
一段九年之久的初恋
我知道，它已深深嵌入
你身体的骨骼

你已无处不在
就像竹园里密密的笋芽
沾满春天我欢喜的露水

你经常选择
老树桩作为庇护

衔着多变的最爱
开始一次进攻或一次思念

你经常蹲守在
听风看雨的背后
我一转身，总能看见
一双目不转睛
苦苦追问的眼睛

我的上午

太阳出来了
我像冬眠的蚕　醒了
沿着纸的城墙
来回地啃

电话铃声
不断吐着水泡
几条鱼纠缠不休
我被咬成半截水草

桌边
我像个哨兵
不停巡视
直至阳光穿透我的手掌

一杯水
睡了又醒
我像颗螺蛳
坐在悬崖

太阳挂头顶了
群鱼走了
我从纸堆里
蜗牛般伸出了头

千里漂泊

花　漂泊在
千里之外
素面朝天
风打起盹
期待鱼的孕育

风在端口
骤然相聚
未知的花
被雨打湿
楚楚动人

太阳下
你遮住的脸
有点生动有点模糊
匆忙中
我饲养起那份
空旷的心情

其实也没什么

有没有上帝
看看耶稣的手
黑暗中一朵圣火忽闪忽闪

菩萨醒了没
摸摸古钟的肚皮
一群麻雀正四处飞散

爱情走了吗
百草园噘起嘴唇
蝴蝶蝉衣已被打湿

今天烦恼吧
去顶顶太阳
学会自己梳理羽毛

世界有多大
给我一只手掌
可以覆盖整个北半球

其实没什么
生活那片树叶
总是一面颜色深
一面颜色浅

望　春

阳光漏在山坡上
嫩黄点燃　春意
我身后的三千雪发　飞溅
催醒了
冬眠的群鱼

风穿越
我眼睛的地平线
在耳边
撞响一串急促的风铃
景色在鸟鸣里　荡漾
我看见
春天那杆旗
在人群中飘扬

关于人类

夜的城市披一件锈蚀的玄衣
用来遮掩人类的羞怯
身边　无数的马车相互赌气
绝尘而去的人和猿类争执不休
有关地位和待遇
陆地和海洋纷纷被时空变性
一粒纽扣终于挤上我并不宽敞和现代的前襟
历史艰难地开启明天的螺栓

裸露的乳房是雨后那群植被完好的蘑菇
优美而坚挺
人类为了延续星星的后代
经常变幻着角色和角度
唯一凝固的是那被岁月黄金分割过的部位
在那张历史的书桌前
我雾化成一滴水珠
透过历史与现代的犄角
看见人类

他（她）们都光着身子
不停地走进来
又走出去

晨　语

常常在这个时候
会有一些东西留下
就像出门时
不小心夹住的
被风吹起的衣角

相遇总在空气中
那到处飘浮的气息
多像露台悄然站立的
那棵米兰
翠绿而且幽香

直到一天
门打开了
我看见楼下
那片白色的栀子花里的身影
有一个雾般柔美的浮动

冬天的一些想法

阳光探进窗户
墙角的一株凤尾竹
和我一样
无奈地坐在那里
像即将被淹的蚂蚁
企盼着草根

你是一株爬满石墙的藤
爱把自己嵌进对风的记忆
我看见你
总有一种感觉
我的前世是一堵墙

秋天
残阳如血的时刻
你执意
把下一次萌动的赌注
布满我的前胸

思想停滞

思想停滞
颅内的风筝已绣成
鸟的图腾
拒绝接壤明天

思绪决定
网住窗外
那张黯淡的脸
独自在春天
花开花落
然后
看　漫山遍野的蒲公英
飞扬人间

那夜，遭遇过海

不知道是夜带你来
还是你带来夜
黑暗中
我寂寞成一张纸
有风吹进
恍惚中听见鸟鸣
一丝空旷的暖意从
背后袭来
缠绕着
沉没于夜的海底
在陈年的贝壳里蜗居
黑色羽毛划过
气流托起我
看潮水在浪尖退却
遍地碎片
我挽留了
那丰润美丽的花纹

又听音乐声

那道音乐声
在荒漠中越走越远
狐疑中
河流慢慢干枯

我像一枚瓜子
被嗑得魂飞魄散
好久才苏醒

音乐声依然
间或响起
却已是死鱼的眼

金黄的沙地
那抹曾经的绿色
已了无痕迹

新年的开始

有很多鸟向我飞来
不分晨昏
相互传递一种信息

街上行人
鱼贯而出
鱼贯而入
理由如此简单

天色虽然不清朗
但我已看见
那群希望的羊
正走在春天的草原上

新年毕竟开始了
空气中充满发芽的滋味
延绵不断

自我感觉

黑色圆桌后面
有逼仄的音节
宛若考古发掘时
土层霉闷的声音

故意堆砌的台阶
一双卷起裤腿的
跛脚
游走不定

当我用目光拔掉
乌纱上的短翼
他便从历史遗址中
颤颤走出

阵风吹过
感觉完美的树林
在自我的废墟
漫天飞舞

晨　雪

清晨醒来，窗外有雪
屋顶，羊群走过的印痕
穿越整个冬天的昼夜

我梦见一只迟到的大雁
一张窒息的嘴
和一些大难不死的肢体

窗外有雪
冻僵的双脚匍匐
等待上午第一束光线的
唤醒

迟暮而幼年的雪
就在这个早晨腾空而起
温暖成一簇火光
炯炯有神

致　你

你一直就灰暗吧
自我当上一名天空的
守望者
你就以一个姿势
千奇百怪地连接世界
以至宽大的墨镜
遮住微瑕的我
也遮住了归夜
橘黄色的灯光
多少次，我听见敲门声
阴影里
却站着你和陌生的八爪鱼
当信息被戴上蝴蝶结
叹息地沉没于水中
一些事便开始生疏和遥远
就像一只盒子
关上又打开，打开又关上
在它的世界里
完成既定的程序

选择这个片段

有太多的意象
层层叠叠
像一截朽木上长满
秋后的小耳朵
雨水　阳光和雾们
伸出发达的气根
纵横交错
欲望遍地开花

一只蚜虫的眼睛
埋在绿色浓稠的阴影里
吮吸风干的枯枝
在那间
纷乱的小客栈
你和一群苦苦挣扎
晨昏不分的烟蒂
对弈

虚弱中，我渡过了河

去看看对岸
究竟有没有几根稻草
或一堆乱石

这个初冬，有点荒唐

在江南
我用婴儿般的眼睛看你
却没有答案
往事渐渐虚拟
没有触觉
我有点荒唐地
寄出几片金灿灿的树叶
想感知季节
以及你婴儿般的笑容
用一个没有数字的方程式
考验真诚
我知道
其实我已无法企及

听说
那里已经下雪了
我只想来看雪
静静地
独自一人

夜的玫瑰

在众多的姐妹中
你是异族
属于黑夜部落

习惯夜色中
向各类星星们
展示妩媚

你的芬芳
只在
夜的酒香里发酵

你的妖娆
只在
夜的迷茫中绽放

白天
你用花瓣将自己
包裹得像颗星星

唯有月光
才能温暖你
玄色的罗裳

那席卷过你
快乐的日子
又来了

斜向一边
那枝　夜的玫瑰
在瞬间生动后纷飞

我走入另一个空间

有一个座位第一次空着
有一对蚂蚁的触角搭在一起
我感觉一下子很轻松

下了一场早已该落的季节雨
走的时候居然还笑一笑
我不晓得已走火入魔

我向她走去时　霓虹灯闪了脸
我的一块痂皮磕破
喷出许多星星点点的雨
结果旱了我一半烟盒

一缕一缕的头发依次卷缩走了
主席台上有一位人物的令女
在掌声雷动中　退潮

我走了过去
像一棵失去记忆的椰子树

她的声音　使我想起一根娃娃雪糕
我的眼睛终于开始不自在
有红晕漫过
她美丽的耳廓

雨中的等待

蓝雨衣的雾水
开成地上一朵朵的小酒窝
毫不相干的人们
由于毫不相干的等待
而形成一种默契

对面路上
一只搭在男人腰上的手
使人想起该有双白色高跟鞋配套

前面　十字路口的信号灯
在他来的时候
成为一种轻松
雨衣出奇地干燥

裂　变

这是一个瓷化的世界
随时遍地开花
现实的草越长越盛
遮掩了千年的路径

我进化的脚丫
无法踩住
那滚滚而来的社会聚变

在一个无法预知的后来
我和一群人围着锅
目光焦虑
无所适从

抉　择

你以为撕裂了星星
天空的伤口就痊愈了吗
在乌油油的那片草原上
我看见你瘦削的脸
迷茫彷徨
像一头掉队的羔羊
走不出那一圈圈夜的暗色

天边　那远处透射的光
罪恶地诱惑和包围着你
在子夜
你选择去花开的地方
像一只义无反顾的飞蛾
壮烈地颠覆自己
以一种极端的方式
与滚滚烈焰撞击

习惯的悲哀

习惯固有思维
心灵的眼睛就会暂时失明

习惯善良思维
毒蛇的红芯就会侵入你的体内

习惯全神贯注
周围的景色就有模糊的背影

当习惯变成方式
锋利的刀刃会随时划破你的喉咙

当习惯成为习惯时
黑暗正铺天盖地向你赶来

你弹奏世界那架钢琴

在东半球
你弹奏
世界那架钢琴
音律渐渐清亮

多少年
刀光剑影
狼烟四起
伤痕犁遍身躯

直到
有个长发的湖南人
擎起华夏的巨锚
你开始定位

五十六朵麦穗
开始盛放世界的田野
联合国的裙摆
开始印上

中国的声音

唯有东海边
那只母亲还不及
拉回的小手
一直是你的痛

我在世界一角
凝视你
暗流涌动
疾风吹乱你的长发

你静静端坐
面色安详
目光破空而去
有天籁之音缓缓传来

我和你

我行走在黑暗的边缘
找不到黎明的入口
也丢失了回家的手帕
寒冷中我缩成一团
雾挂在身上
滴成了刺骨的水

我是一颗假牙
发配到你边远的牙床
白天黑夜地被你咀嚼
直至慢慢坏死
从上往下看
你麻木的钟摆长出了苔藓

你行走在白昼的边缘
承受命运石磨的碾压
在暗淡的光线里
反射不出勃勃的生机
唯有那丝发青的眼白

才能解读你原本的属性和少许飞痕

你就是那株山村的野菊
幽怨且悠久
在贫瘠的土壤中
摇曳生姿
全然不知
香魂在悄悄流失

街的河道

目光漫出窗外
斜斜地开一朵花
修葺过的河道
鱼儿们面目一新
彬彬有礼

从码头上岸
沿途的目光像吸盘
彼此作用
不知不觉
荒芜的脚步生动起来

夜的背面

我站在夜的背面
等待月光
掉落地上的声音

夜那只魔手
诱惑了我
肢解所有

一条光滑的鱼
躲在睫毛的黑森林里
快活地闭上眼

买一张夜的门票
沿布满海藻的甲板
极速坠落

空气中
夜的叹息
被我叼在嘴上

生长的滋味

所有的记录被打破
神经末梢充满再生的气息
青春期的栏栅长满星星草
啤酒瓶堆在桌上
鲜活的眼珠们交头接耳

潮水汹涌而来
野兽般冲刷
已发情的经脉
声音嘶哑
我和草一起进入
快速生长期

脚印斜躺在地上
慢慢长出了阳光的雏形
体内的风铃一直脆响
空气缺氧
有疼痛感间歇袭来

突如其来

冰冷的河水从我额头
秘密渗出
漫天飞舞的
过山车大幅度碾压
失聪后的雪子
我朝窗外吃力地旋转
一个黑色的铁锚
让波浪不在低纬度摆动
让瓦当能够抵挡
失重头颅的下滑

庚子如花
庚子度日如年
在这个死去活来的庚子年冬季
我翻开书
挪开一朵揉碎的花
拆开了数个历史的章节
从庆城到亡魂
从大漠到冰川

从蚁穴到草原
从晨曦到垂暮
用决堤之水浇灌
用破晓之光照亮
用怀柔之心聆听
用悲悯之情祈求
让天地间重启
一个完美的尘世

飞 行

手在峭壁滑动
所有的手都在准备飞行
包括窗外
久坐未干的雨滴

光线开始暗淡
那是展开羽翼的前兆
犹如我起跳前
不为人知的饥饿

紫色的衣裙和紫色的腰带
在静止不前的
转弯前下蹲
那是一座敦厚迷离
让人晕眩的路标

峰谷起伏，缓缓流动
昨晚彻夜难眠
不断洇开的墨梅

灌满我被中伤的双耳

一条裸身的鱼
急切等待变灯
让半空的雨瀑顺着脸颊
快速飞落午间好客的青瓷

此时，咖啡的浓香
像一朵有着月牙形记忆的
插花
在你青梨般丰腴的前额
深情停留
让往后的日子
深如眼眶
让午夜的青草
青筋浮现

第三辑

思念的脚步在回游中苏醒

时间是枚沧桑的茧
一旦咬破
她矜持的壳
那蝶　那美丽的触角
依然是
从前生动的模样

我是你的过客

1

在你生命最饱满的时候
我有了最初的感觉
在黑暗中
一把随意留下的钥匙
变成某天午后
斑驳的铃声
穿过路边的法国梧桐
悄然降落
我闻到青草的气味
还有田野清香
那时并不知道
你会成为我掌纹中的传说

2

一间小屋

脉动着一粒种子
看不清未来枝叶的
颜色
却清晰听见它吱吱地长大
在我有点倦意的时候
它开始包围
以自然的本色
迷离我奢侈的目光
我被滞留
却不知道出口在哪
后来知道
路标被你反复拔起
连自己也丢了

3

沿着城市的耳朵
我走下台阶
淹没在一片黑暗里
趴在木桌上

注视烛光后红红的影子
一阵惊喜的颤动
举起酒杯
就着夜色
把那团红红的烛光
吞下
慌乱中我有点失忆

4

一只螳螂在夏天
透过我的眼睛
停留在山坳里
我像一片青草叶
伸进小溪
不停地追赶
溪水中飘零的花瓣
水洒落在地上
溅起无数
你美丽的眼睛

夏天已远去

1

夏天已走了
蝉壳隔着纱窗告诉我
房间里
一株米兰浓绿如盛开的瀑布
我思念的花
爬上你细致的脸颊
企图染指半山腰的那片洼地

2

马路上
有人正穿越十字路口
那滚动的背影咬开我的记忆
茧丝被萌芽
顷刻间
我跌倒在故事里

被你慢慢渗透

3

半睁的眼睛
飘过几朵陈年的金桂
风的信息渐渐沉淀
你早与夏天离去
只留下一朵空旷的云
在满地的桂雨里
不知所措

清明的断想

1

一节小小的野笋
在蒙蒙的雨雾中
奋力涨开
被掩埋的眼睛
竹间的露珠滴下
幻化成
一株素色桃花

2

残缺的石阶
乳化了许多脚印
几缕小草
克隆着发黄记忆
沿思念的岸走去
全是一条条生命的鱼

3

总是这个时间段来
总是同一种姿势
却让我
牵挂
思念无限

4

其实是老掉牙的图画
每年清明裱装
牧童在牛背上的遥指
我已申请
注册商标

5

石壁的苔藓
渐渐湿濡
映出一对烛光和
青烟袅袅
思念忍不住
蜂拥而出

奶　奶

我又在想你了
不经意的
那天
在一个陌生的水乡
看见
古街上的一块香糕
上面印有
你等待的身影
散乱的白发

感觉　你又在抱我
怀里依旧
我的手幼藤般
缠过你的脖子
你肯定又看见了
我嘴角有几尾小鱼
慢慢游出

奶奶

你不知道
你走的那天
我像水泡般
无助
但我见你笑了
因为我很镇静
像男人
水泡破裂后的男人

奶奶　你走了
但我们见面更多了
原来
相见其实很容易
奶奶
放在窗口的几株小葱
又很绿了
你看见了吗
做汤一定很香

奶奶　雾太浓
我有点看不清你

找回家园

昨夜
雨打芭蕉
有消息传来
我一直在找寻
那地方
竹叶青青

好久没有如此灿烂的阳光了
我沿城市的外围飞行
山岔开那淳朴脚指头时
我看见那片水
海一般迷人
竹林在山的发际线
筑起一道密密分界线
我竟然看见梦的青丝了

已有鸟在筑巢
惊叹
那无与伦比的契合

我想在此栖息
放纵
那颗散漫的心
和着竹叶清香
沉沉睡去

那感觉
让我回味很久
豁然明白
原来
那山里一直印有我
童年的小脚丫

写给怀念

我不知道
怀念能如此演绎
此刻的心情
心的云层音乐般堆积
窒息像条蛇
榨出往事如烟
你忧伤的脸
一次又一次
从流水的音乐中渗出
已痊愈的冰块
被再次击碎
回忆的血
从四面八方赶来
我痛苦地捂住耳朵

又到清明

——怀念我的外婆

艾草绿了
你一定在等我
几天前
我收到你的梦

在那天
我会来的
并燃一支青烟
与你相见

我还坐在老位置
在你的世界里
接受
漫山遍野的慈爱

你会用两双眼睛
看我融化
在浓情里
无法动弹

你昏花的眼
固执地等候
让我顷刻间
大雨滂沱

艾草香了
我会带足盘缠和烛光
来你等我的地方
看你

一只蝴蝶慢慢飞

冰冷的空气有些温柔
一只蝴蝶慢慢竖起
修剪过的翅膀
启程
雪花从肩上
伤感地飘落
我沿着记忆的裂痕走去
千里之外
血痂在雪的簇拥下
渐渐洇开
绽放成一束
并不应时的玫瑰

在灌满清冽空气的
日子
我远道而来
你清晰地
展开羽化的翅膀
静静翻越天桥

向我飞来
剎那间雪崩的声音
堵塞了
我的一只眼

梦人生

你出世时
梦就睁开眼
那里有块胭红的胎记

你蹒跚时
梦沿嘴角的小河蜿蜒
数花花绿绿的纸

你识字时
梦躲进书包
外面全是妈妈的眼

你长大时
梦开始吻你
想象雨后青青的田野

你工作时
梦拥抱你
入夜采撷珠峰的雪莲

你生病时
梦弄疼你
一只刺猬老走来走去

你舒心时
梦在嘴角
像一轮深蓝天空的弯月

你烦恼时
梦逃走了
并带走全体脚印

你醉酒时
梦是一窝蜜蜂
天亮就飞走了

你驼背时
梦是一片秋叶
不分昼夜地飘落

你老去时
梦是天堂的路标
不让你在路上迷失

点　燃

黑夜里，我清晰感觉
草顶破我的心脏
我甚至能看见云在翻腾
和燃烧的自己

栀子花开，一阵浓郁的气息
包裹了黑夜的窗台
我看见自己被点燃
一览无余

那光亮，足以照耀我
内心去远航
让我在某个沉醉的夜晚
忧伤地离开

意　外

有人捎来祝福
一串游鱼眼睛水草般尾随
天空刹那间被点亮
惊醒了
那冻土覆盖下渐渐黯淡的生命

以为溪水已断流
再也没有树叶
漂来的影子
心情沉没于水底
永久抛锚

以为虚拟能稀释往事
耗尽最后一点牵挂
让激荡的海
裂成岁月的小溪
慢慢蒸发

时间是枚沧桑的茧

一旦咬破
她矜持的壳
那蝶　那美丽的触角
依然是
从前生动的模样

清明的信息

感谢黑夜给我的信息
从未有过地清晰
那是个遥远的地方
繁星满天
安详宁静
一个未曾谋面的地方
异国他乡的地方

我知道
您在想我了
用这样的方式通知我
您感觉
我快来看您了
可您知道吗
我一直就没离开过您

夜总是充满怀念
当妈妈打来电话
告诉窒息的空气

我那不顾一切
奔跑的脚步声
肯定惊扰了您

您怕我摔着
于是急急地洒出些
碎碎的阳光
在我脸上
就像先前一样
用慈爱的目光
唤醒清晨贪睡的我

想　起

你卖掉的
是我们的孩子
连同爱情
我在雾中依稀看见
她那圆圆的眼睛
射出依恋而幽怨的光
那曾经尾随的影子
已变得惨白

孩子
你好吗
我的瞳孔
在渐渐散大
只要削去那层记忆
定会冒出无数
血色之花
孩子　你在哪

孤　独

孤独　兀自游荡
思念的藤慢慢勒紧
心脏的殷红逐渐惨白

孤独　自斟自饮
却怎么也找不到那股豪气

孤独　这柄勇士的剑
找不到对手
终将
寂寞地
死在黑暗的怀里

那椅子

默默地守候
抑或一棵树
等待归鸟
全天候栖息

思绪
不断变换各种姿势
肆意攀缘你
然后茂盛
渐渐长大
淹没于你
忽视你
直到有一天
你荷叶般倾斜
才发现
那滴露珠已老去
无可挽回
以另一种生命形式

我咀嚼了
流离失所的滋味

今年，不过圣诞节

天空长出妊娠纹时
圣诞树好像复活了
此时
我却失去知觉
一顶小红帽躺在
冰凉的抽屉里
没有一点体温
我看不见老人来时的路

那住着信使的邮局
已经关门
曾经爬满常春藤的窗口
美丽的影子已褪色
一封邀请书
只有清风能带走

我知道
那天会下雪
所有的神秘

都将被一件洁白的大披风
裹得严严实实
不露沸点
而我会在黑暗中
固执地　静静
听一首祝福的老歌
渐渐远去

踏秋风

你提议去踏秋风
感觉是一条漂满落叶的小溪
沿寂寞的脸攀缘
你慢慢舒展如秋叶
我赶来看你
你　就　这　样

皱巴巴的香烟点燃
像空中的飞鸟
你是一只楚楚动人的黑麻雀
冲不出秋的原野
我一边掐着自己的脖子
一边哼起一支长满青苔的
苏格兰民歌

早晨的电话

细细剥了一层乳色的薄膜
伤风时太阳出来很懒散
蚂蚁样蜿蜒的人群　我的目光
蜻蜓点水
黑亮亮的长发找不到漂泊的岛
三毛的雨季不再来了
真的不来了

放在我抽屉里你的那只手
昨天我仔细摸了摸
给你看看手相
决定不再推门的时候
头顶上的云痛苦地蠕动了几下
有人来了
没有充足的时间让抽屉打上封条

办公室的电话老咕咕咕地叫
我疑心总机台栖满鸽子
料到很少会有笑声从你这里来

果然车上的一把铜钥匙还挂着露水

我有点紧张地摸摸脑袋

前方　通行的时间只有两秒

那天中午的阳光下

Q不长胡子
你的指吻
总挨着我　躲躲闪闪
我微笑着看废墟的城堡上
想那有霜的早晨
你胸前银色鸥鸟和小小海锚的失落

你的眼睛发出唧唧喳喳的声音
不长胡子的Q
真有点像你
我无法导演我败北的那出戏
老Q　需再琢磨琢磨
美丽而复杂的Q

启　示

路的崎岖不平
造就肩与肩的高低感觉
眼睛和眼睛之间
构成的夹角
是钝角
天气有的变化多端

今天早晨
信使送来一封信
拆开时
从里面飞走一只黑蝴蝶
不知道什么时候
还会再来

我开始明白
人到了那个年纪
晚上就要去看看橱窗
蒙上面罩
然后彬彬有礼地请坐下
假惺惺地道再见

迷　茫

一种文字
不断震荡我的视野
我闪烁着
迷茫的云飘过
未见喜色

上个春天的奶汁
还有印痕
我的初乳
痛楚地导入
神经末梢

明天已经
不再是敦煌洞壁的飞天
优美　原始
色彩渐渐黯淡
不知道永恒的面孔
存在不存在

花会不会开

我在飞鸟时候
想象两朵蘑菇在一起融化

熟悉的声音无法掩埋你
气流带走铃声
只留暗红的影子看我

想象那胶片
开在岩石
很多男女像树丛的果挨在一起
发出颤音

找不到源头
那思念的弧线
鱼钩般钓起我
阵阵的涟漪

这几天的独白

这几天
有些毒素在快乐成长
时间的积淀
在某个无知的傍晚
风吹紫脸颊时
弹开几朵腐败之花

支付是快乐的
看心灵羊群满足地微笑
感觉这座天秤
总有些岁月的刻度
即便是
桃花灿烂的时节

当情绪的围墙仰面倒下
本性的蛇便趁势
放浪形骸
心情忽然沉寂
苍凉的水滴在了脸上
有一样东西渐渐放大

不想靠你太近

我们活在真实的社会里，要说服自己其实很难。

——题记

不想靠你太近
宁愿模糊
总比痛苦的思索好

不想靠你太近
是不愿看见真实的心脏
和血液的走向

不想靠你太近
是不愿让依恋已久的花巢
加速凋零

不想靠你太近
是给想象保留一点原始
看美好继续发芽

不想靠你太近
是因为我已开始夜盲
只是无人发现

表　达

流水的声音
梗阻在出发的路上
思绪飞花点点
无处捕捉

揉不化
那团青的淤血
春天的蚕
也找不到叶子的切口

依旧的清晨
只有坐成鸟的姿势
体内意识
才在回游中苏醒

目的地的归属
其实并不重要
只缘
情绪实在冲撞已久

第四辑

行走在七月流火的路上

站在黄河边的白塔山上
看见一滴宇宙水
从太空返回
千年西域
肃然起敬
世界有一道眩光
顿现

走近公元前500年的你

在公元诞生的若干年
我第一次走近千年古尘
走进你的血脉之地和那片山丘
两千五百年苍翠的宁静
也只有夜才能触摸
你用那只先师的眼睛凝视我
洞穿人间的一切苍茫

无法想象你历练了人生三大不幸
但你依然长寿睿智
你瘦削的模样和你亲手种下的一样瘦削
布满青筋的古柏
构筑成一座远古的核反应堆
缓缓辐射出中华文明礼仪之光
我至今仍不明白
那头在你梦中捕获的麒麟
竟能使你丢下那枝修改《春秋》的巨笔
决然离开

我站在微微塌陷的青地砖上
固执地搜寻往事和一些曾经无知狂热的脚印
几道暗红色的痕迹刷在石碑的面孔上
表情复杂地与我对视
一阵木制轮毂在地上摩擦的声音轰然响起
我看见了先师有点落寂的背影
衣襟却被风带起很高很高

其实我早就认识你
在我识字以后最初的那本小人书上
我知道别人对你有好多种称呼就像历史的地名
其实我也一直在称呼你
你的国家你的族人
你那生生不息的土地也在称呼你
不管是正面还是反面
你说过的那些话至今还很鲜活
就像你身后的十里长林
永远郁郁葱葱

瑞典斯德哥尔摩印象

1

太阳掰给春天多一点
冬季便短缺了光线
漫漫长夜
使忧郁的荒草有时疯长
即便这座灿烂的城市

2

静谧和疏朗
勾勒出城市的线条
迎风踏上满是鹅卵石
古朴的老巷
你不经意丢失自己

3

路边的郁金香及星星点点的野花
以茁壮的姿势迅速
拔节
整座城市
绿意荡漾

4

历史的皱纹
在城市的砖石之间
肆意生长
十七世纪建筑依然挺拔
阳光穿透黑暗
有咖啡香破窗而出
头顶的几片落叶
在地上掉成一堆年轮

5

高纬度气流
切削着欧罗巴人的双颊
热辣的阳光催化
他们如桦树般向上攀缘
穿行林中
我步伐轻轻目光沉静
但也惊动飞鸟点点

6

从窗口欣赏
感受一种经历
演化一种生活
空气有点干燥
思乡那湿润的触角
已经伸出

梅拉伦湖

我以飞鸟的身姿
盘旋于
你高纬度的美丽
瞳距不断放大你
浓烈的北欧风情
挺拔的桦树打湿
梅拉伦湖女王黎明的睫毛
引来湖中禽鸟
一次次兴奋飞掠

出海口
小岛的木头桩
搭建起梅来湖
不算悠久的历史
木头岛的女儿气息若兰
游人微醺
眼神散漫而期待

褐红色市政厅

在古老的台阶上
议员们总不留神
踩住你飘逸的裙裾
手握权杖
怀拥斯德哥尔摩
我热烈地与你合影

梅拉伦湖
我望见那座城堡里
一只海盗丢失的皮靴
百年孤独不已
瓦萨王制造的巨型木舰
来不及远征
便骇人地沉卧水底
在城市的嘴角边
那座博物馆向人们还原
那三百年历史以及
锯木声　啤酒桶和
垂死的工匠们

梅来湖

光鲜　润泽　优雅的梅来湖
一如这里勤劳善良的
人们
我从地球的另一端
看见你浓缩成
一块欧洲水晶
在波罗的海的交融处
在斯德哥尔摩湖光
山色间
散发缕缕光芒

罗马记忆

一朵令人深刻的雏菊花
突兀在地球的西墙角
流畅地生长
那百兽聚合的石台喷出最后
临终的血
这是黑暗的决定
这些黑色的东西决不在黎明前存活

秋色屋接驳起春天的嘴
那鸟鸣却注定要在某天绚丽开屏
让一些睡去的石头和那些人
永远地裸露
色诱　惊艳整个世界
你是精灵，你是一头神兽
你是那勃然而动的肉体
你喷洒出
那曲线无与伦比　令人窒息
如绽开的花蕊十分新鲜

丝绸之路

车轮滑过
沙漠呼出憋闷已久的鼻息
灰暗小草与沙漠角逐
星星点点　充满张力
现实从悬崖一路跌落
唯有苍凉依旧　大漠的一支孤烟
许多年无人认领

意念像一匹野狼
破空而去
失落的往事被高矗的风车
缓缓打碎
那柄长矛站成一棵胡杨
千年不死
千年不倒

飞扬的衣襟
在橘红的落日里
漂染成

一旗五彩丝巾
挂在丝绸之路的驼峰上
驼铃
骤然响起

站在黄河边的白塔山上
看见一滴宇宙水
从太空返回
千年西域
肃然起敬
世界有一道眩光
顿现

嘉陵江畔

她的美丽在黑暗中汹涌
湍急的漩涡无法预知她的笑容
嘉陵江这朵城市的水花
此刻在夜的怀里
热辣地起伏
人们在岸边的水中放纵
幸福迅速繁衍
像密密的水葫芦

船行在斑斓的光影里
漂染得像颗七彩球
岸边耀眼的光线
剥夺了那曾经漫山遍野
星星点点的灯火
往事如烟似水
两朵不同的美丽相遇
必然交相辉映
却让人无法分辨花开花落

重庆印象

1

我坐在鸟硕大的肋骨上
气流从齿间掠过
窗外无语
绿地渐渐膨胀起来
芭蕉扇拨旺了火苗
灼热中
记忆倏然睁开眼睛
纤夫的号声和报童的身影
漂浮在嘉陵江上
鱼在往事中穿梭
我看见
血红色的天幕
那座阴森魔窟以及
一群不屈的头颅
匍匐在黎明飞溅的血地里
他们的眼睛和心脏
编织成共和国的旗帜

永久飘扬
从远处走来
我发现这座城市面色红润　双耳垂肩

2

山城营造出一种梯度的美
纵横交错的桥梁
以不朽的姿态
坚韧而柔软
迎着那灼热的阳光生长
七月流火
我躲藏在火炉的阴影里
看这座被汽化的城市
想象此刻正是一株旺盛的向日葵
在阳光下不断萌芽蔓延
巨大的花瓣像无数飞鸟展开翅膀
想象纷纷开始剥落
我却被那细小而又极富张力的目光所包围

我在那个城市追忆

破壳的茧蛹在冬的情绪里
蝶化
北上的影子在路面冻僵
等待时光重生
花瓣早已闭合
望着公园孤单的眼
春天的记忆被深度惊醒

没有了那头飘逸黑发
却有伸长脖子的鸟
在夜的围巾里
和寒风打着手语
等待四面八方的游鱼
穿梭于体内隧道
尝试一次生命的放生

镶成贝壳的往事
在依旧的街上

被风吹散

让掌心中的那滴泪珠

化蝶　重生

关于自然的描述

1

沿着城际快速摆动
有黑色瓢虫等候
酒香荡漾
一只清代瓷瓶
泛着红晕
邀我共宿
阳光风干时
依次进入森林
有大树丰满柔美
几只蜂眼开始筑巢
气息的云朵
没有一丝颜色

2

陌生的方队里

我像稻草人
守卫着一方
并不存在的阵地
深凹的目光
如荒郊茅草
割裂了
一个八国联军的腿
在酒吧世界的巅峰
我望见中国的肌肉
在黄浦江边
高高隆起

3

几支试管喷出
斑斓的口水
树丰满的叶子
款款垂下

回收放飞的鸽子
意念在玉光下
泛着浅青色的血管
返程途中
我像一只狼
趴在你的耳边
呼出热热的气息

我要去远行

脱掉城市这件长衫
裸露出泥土的肌肉
脱掉高楼这件褂子
袒露出胸口的肋骨
解开领口这颗纽扣
开放心灵的窗户

去远行
呼吸氧气
在绿的海洋沉没
修复一切的剥蚀
舔平所有的疤痕

去远行
任由黑色的土地滋养
让碎石磨砺出初始的风格
还一片坦坦荡荡

去远行

荡涤污垢
让清风与静脉对接
沸腾一腔滚烫的血

去远行
让星星陪伴
静静入眠
任由晨起的鸟鸣唤醒

去远行
做一次心灵的香熏
瘦身凡间那无尽的尘事

彩虹桥

你是一道优雅的波涛
瞬间凝固
雾，从你身下淌过
蒸腾的躯体渐渐舒缓
夜，变得可人
充满鲜活

月搂在夜的怀里
面目黝黑
水，潺潺流动
悄无声息的酒香
渐渐浮出水面
淹没了小巷和街道

眉目清秀的岸边
一阵绵长而幽深的风
轻轻裹紧你
欲言又止
最终却消散在
彩虹夜的上空

龙门秘境

七星瓢虫沿语音的旗幡
行进
草木起伏的波浪里
一顶发黄的草帽
坐在前面的水塘
纹丝不动
乡村素净而安详

路过小桥时，看见一条
急转弯的柳条鱼
尾随爬坡
峡谷里连绵不绝的群峰
兄弟般坐在一起

前方经过村庄
一块红色条幅和历史硝烟
拼接
祠堂内
忠诚与信仰的银杏树

经久不衰

攀援远处山峰
峭壁上，一只匍匐的雄狮
随时下山
在龙鳞潭的清澈里
欢喜沐足

大明山

一块石头
被雨水滋养
温润剔透
几尾野鱼游走在废矿的边缘
一只黑天鹅和几丝云彩
凫浮成
崖壁的栈道
绿意和凉风
穿行其中

峰峦连绵的雾纱
和我
一起穿越
废弃之地　昨日
已返老还童
青峻的山峰御笔生花
远处，屯兵的山谷
潺潺流水

西天目山

原始植被的复眼
斜在天幕的西边
无人穿越的寂寞之后
是一派欣欣向荣的茂盛

走在各种植物和动物中间
潮湿与腐朽
颓败和昂然
都与鸟鸣同化

一万二千年的银杏叶里
一个五世同堂的膜拜
被庄严定格成
金色蝉蜕的誓词

开山老殿的树荫下
历朝历代的高僧鱼贯而入
在烟火气里
坐化成参天大树

络绎不绝的后人们
千篇一律
用掌纹与古老的柳杉对视
寻求庇佑和放空

走入冰冻的黄土地

家乡某天的清晨，有炊烟升起。

——题记

黄土高原是一只几千年
炼成的鼻孔
沿冰冻的河床
粗重地呼吸
我想儿时的童年会在冰封的裂纹中
舒展纤细的骨骼

那颗牙齿般嵌在高粱秸里
是长大的我
家乡白茫茫的沙漠和风接吻
几个深深的梅花齿痕
是几匹褐色的骆驼踝过
门前那条小路的喘息

一排青石房竖起一对黑黑的耳朵
默默地注视着我

烟囱呼吸的影子
思念的旗帜
不断飘闪
我逆光走去
山顶的天烧红了半边

城　堡

这是一座陌生的宫殿
充满恍惚的地理冲动和期盼
水，一如既往地好色
像池塘荡开的涟漪
连绵不绝
我躺在维多利亚港修长的怀里
看见
如林的海风慢慢融化
蝉蜕般的你正邮轮般驶过

屋顶一直很亮，无声却
很有魅力地倒映着一些云
我不知道
你有没有看见冲天而起的白鸽
但我知道
你的酒窝像室外灼热太阳的唇
黏稠　执著
一如维多利亚港夏天的海风
与众不同，充满了变数

海　岛

椰树重叠
已不是原来的模样
光阴被扔进口中
咀嚼
依然透漏
淡淡的椰香

如雪裙裾
颜面粉红地复活
让我在波涛汹涌的
喘息里
诡异重启
有如一片战国竹简
枯萎却顽强

曾经青青一片的地方
只漂浮
若干个黑眼圈
模糊不清

海对面

从一个地方跳到另一个地方
耳朵轰鸣
无法微笑
三角梅，跨越千里的浓烈
足以让人信服
叶与花
可以同眠共谋

这里，空气分量很足
日光和海浪
是城市的主菜单
炮台斑驳
战壕凹陷
满目精光内敛
无人敢随手点击

只有游人
章鱼般的突眼
尽情吸吮

潮湿的美女
反复烧烤
全然忘了对岸
椰树绿荧　滴着毒汁

休息区景色

各色鱼类面面相觑
就地蚕卧
它们洁白的牙齿
露出了劫后余生的微笑
不见首尾的龙王
轮流抖动着上朝
然后出宫
等待加冕海水
和披挂鳞片

到处是发黏的眼睛
酸楚的空气里
一条条嘈杂不已的鱼
张大了嘴巴
等待夕阳吞咽时
路边褐色的炊烟飘过
等待地平线的
一棵苹果树
穿越过皎洁的月光

月夜·野外

夜是一只叫不上名字的
青花瓷
幽深而迷茫

夜是火山
玄色的唇
温情却野性

昏黑的草丛
灯光恍惚
孤独的声音
飞花溅玉

斜坡上
一棵椰树的根须
正在下潜
月色泛滥
四周，有蛙鸣声传来

禅　意

禅说
你是水的女儿
那湿润多雨的地方
可以寻找福祉

于是面朝南方
迁徙而来
你梦见
一棵柳树和吃草的马

禅又说
你悟性好
勤于修炼
一切皆会有缘

于是朝采日月灵气
晚汲天地精华
你的心镜
渐渐通透

禅再说
苦其心志
劳其筋骨
可以登高望远

你栉风沐雨
目光虔诚
山在
渐渐小去

禅最后说
一切尽在
有意无意间
我佛慈悲

你眷恋的眼神
久久停泊
那片
让你迷离的水面

雨夜的运河

运河的胸脯起伏
萨克斯像一串坐禅的水葫芦
盘旋于头顶
隋朝三月的烟花
在今夜浅唱
洗尽铅华
荣枯的过往岁月
倚立于芳草连绵的长亭
雨后遗世的皇冠
将在这个红灯笼之夜
攀上雨夜的眼帘
无数孤清的光影
在潮湿中
急促地呼吸

运河的十字路口
黑夜的无人区
一个孑然的背影
被另一个背影紧紧叮咬

让这个雨夜的不安
寄希望于路灯上
几只哑然的夜鸟守护
我的内心开始
在运河的崖边疾速奔跑
时刻防备
一个黑夜的忽然出手

后 记

1

我算不上诗人，只是热爱。

其实，对于出这本集子，我是诚惶诚恐的。

我一直以为，诗歌还是属于比较个性化的东西。作为文学的一种表现形式，尽管有其社会属性，映射着时代的政治、经济、文化、社会发展的痕迹，但终究来讲，它还是带有相对强烈、鲜明的个人印记和感情色彩。以这么一种形式来记录自己在不同阶段对时代、社会的认知以及对工作、学习、生活等方面的感知感悟，这些较为私人的东西，在当时主要是写给自己看的，但随着时间的流逝及年龄的虚长，慢慢又滋生了想与他人分享的念头。由于自己公务比较繁忙，加之写作一直是断断续续，有一搭没一搭的，有不少作品也因种种原因丢失了，很是痛惜，因此，才有了整理成册的想法，但又恐自己眼高手低，招人耻笑，内心一直是惴惴不安的。

2

这里收录的作品大多是十几年前的旧作，个别的更早，也有少量近期的新作。自己开始尝试写作是在上世纪80年代的后期，当时还曾自编过两本今天看起来极其简陋而又幼稚可笑的诗集《绿色的妄想》和《冬天的雨季》。在其中一本小册子的引言中，我记得摘录过这样一段文字："我的迷误，我的努力，我的烦恼，我的经历，在这里只有鲜花一束；不论老年，不论青年，不论瑕疵，不论德行，在诗歌里总显得丰富。"这是德国著名思想家、作家、诗人歌德的诗句，同时，也确实是我当时心境的真实写照。

这两本小册子当时是用单位的铅字打印机一个字一个字敲出来的，就在机关二楼楼梯拐角处，一间很小的充作值班室兼打字室的房间里，偷偷请人帮忙的，当时还怕被领导看见挨批。后来虽然几经搬家，但敝帚自珍，这两本简陋的诗集至今还非常完好地存放在书房的木架上。那些文字是我人生路途中留下的一段青涩而真诚的印记。

3

学习是痛并快乐着的，犹如每个人的生活。有些记忆则如一道绚丽的阳光，让你温暖一辈子。

在我诗歌创作学习的过程中，印象最深的是当时杭州市青少年活动中心负责文学创作辅导的王焕均老师，他给了我很多鼓励和指导，回想起来，至今温暖在心。他一手创办、编辑的文学刊物《保俶塔》成为当时我们这些文学青年的精神乐园。后来我参加了杭州青年诗社，有不少习作在《保俶塔》上发表，也开始有作品在《诗人》《绿风》等诗刊上发表。再后来，因为工作调动等原因，诗歌写作慢慢少了，但公文写作倒多了很多。虽然诗歌暂时不写了，但是在很长的一段时间里，我依然保留着订阅《诗歌报》等文学读物的习惯。

4

在我成长的过程中，文学对我的滋养熏陶是深厚的，也给我个人的成长发展带来很大的帮助。后来由于工作需要，我从区里调到市级机关部门从事文秘工作，先前的那些创作经历也为我从事机关公文写作打下了良好的基础。在“爬格子”期间，还撰写了相当数量的新闻宣传稿件在国家及省、市级媒体上刊发。后来，逐步走上领导岗位。尽管岗位几经变动，工作任务越来越重，压力也日益增大，但内心对诗歌的热爱从未消减。工作之余，出差间隙，有时也会拿起笔，写下只言片语。也唯有在这时，内心才会感到一丝安宁，可以暂时忘却外界尘世的喧嚣和浮躁，静静倾听一些内心深处的声音，让思绪肆意放飞。

在此书酝酿、成稿及编辑的过程中，不少领导和良师益友的鼓励、指导和帮助，让我十分感动和感激。浙江省作协诗歌创作委员会主任、杭州市作协副主席孙昌建老师在百忙中拨冗为此书作序以示勉励。浙江文艺出版社邱建国副总编及陈园编辑等为此书的编辑出版倾注了心血，提供了很多指导和帮助。在此，谨表达我深深的敬意和谢意。

俞　敏

2020年7月24日夜

诗歌爱好者。出生于浙江杭州，祖籍辽宁盖州，毕业于杭州大学（现浙江大学）。现为杭州市某市级机关干部。

俞敏

诗歌爱好者。出生于浙江杭州，祖籍辽宁盖州，毕业于杭州大学（现浙江大学）。现为杭州市某市级机关干部。

图书在版编目(CIP)数据

隐匿的星辰 / 俞敏著. —杭州：浙江文艺出版社，2020.11

ISBN 978-7-5339-6261-6

Ⅰ.①隐… Ⅱ.①俞… Ⅲ.①诗集—中国—当代 Ⅳ.①I227

中国版本图书馆CIP数据核字(2020)第202427号

责任编辑 陈 园
装帧设计 吴 瑕
责任印制 张丽敏

隐匿的星辰

俞 敏 著

出版 浙江文艺出版社
地址 杭州市体育场路347号
邮编 310006
网址 www.zjwycbs.cn
经销 浙江省新华书店集团有限公司
制版 杭州天一图文制作有限公司
印刷 浙江新华数码印务有限公司
开本 889毫米×1194毫米 1/32
印张 6.75
插页 4
版次 2020年11月第1版
印次 2020年11月第1次印刷
书号 ISBN 978-7-5339-6261-6
定价 55.00元